De la même Autrice :

Romans grands caractères en **Police 18** :

- **Le Mas des Oliviers**, *BoD*, 2022
- **Le cadeau d'Anniversaire**, *BoD*, 2022
- **Autour d'un feu de cheminée**, *BoD*, 2022
- **En cherchant ma route**, *BoD*, 2022
- **Le hameau des fougères**, *BoD*, 2022
- **La fugue d'Émilie**, *BoD*, 2022
- **Un brin de muguet**, *BoD*, 2022
- **Le temps des cerises**, *BoD*, 2022
- **Une Plume de Colombe**, *BoD*, 2022
- **La dame au chat**, *BoD*, 2022
- **Un secret**, *BoD*, 2022
- **La conférencière**, *BoD*, 2022
- **L'étudiant**, *BoD*, 2022
- **Un week-end en chambre d'hôtes**, *BoD*, 2022
- **L'héritière**, *BoD*, 2022
- **On a changé de patron**, *BoD*, 2022
- **Un automne décisif**, *BoD*, 2022
- **Disparition volontaire**, *BoD*, 2022

***

Romans grands caractères en **Police 14** :

- **BERTILLE L'Amour n'a pas d'âge**, *BoD*, 2021
- **BERTILLE Les Candélabres en Porphyre**, *BoD*, 2020
- **BERTILLE, Les lilas ont fleuri**, roman, *BoD*, 2019

(d'autres parutions à venir... voir le site de l'autrice)

Romans et livres **Police 12** :

- **La Douceur de vivre en Roannais,** roman, *BoD, 2018*
- **Une plume de Colombe,** nouvelles, *BoD, 2017*
- **New York, en souvenir d'Émile,** roman, *BoD, 2017*
- **Croisière sur le Queen Mary II,** roman *BoD, 2016*
- **La Villa aux Oiseaux,** roman, *BoD, 2015*
- **La Retraite Spirituelle,** roman, *BoD, 2015*
- **Recueil de (Bonnes) Nouvelles,** *BoD, 2014*

***

Aventures Jeunesse (9-14 ans) **Police 12 et 14** :

- **Farid, la Trilogie,** *BoD, 2014*
- **Farid et le mystère des falaises de Cassis,** *BoD, 2009*
- **Farid au Canada,** *BoD, 2009*
- **Farid et les secrets de l'Auvergne,** *BoD, 2009*

***

Thriller religieux :
- **In manus tuas Domine...,** *BoD, 2009*

Site de l'auteur : www.isabelledesbenoit.fr

© Isabelle Desbenoit, 2022
Édition : BoD – Books on Demand,
info@bod.fr
Impression : BoD – Books on Demand,
In de Tarpen 42, Norderstedt
(Allemagne)
Impression à la demande
ISBN : 978-2-3224-2427-6
Dépôt légal : mai 2022
Tous droits réservés pour tous pays

UN AUTOMNE DÉCISIF

Isabelle Desbenoit

J'ai toujours aimé l'automne, c'est ma saison préférée. J'aime partir seul dans les forêts de mon Massif central natal, marcher sur ce tapis de feuilles mortes, épais et doux. Ce bruit si caractéristique quand on foule cette couche de feuilles au sol m'a toujours plu. J'aime voir la nature se préparer à l'hiver, se mettre en sourdine. Pour moi, ce n'est pas du tout la saison du déclin mais celle du recueillement... Et puis, depuis des années, je ne manque pas, à chaque promenade, de ramasser une dizaine de feuilles pour les mettre ensuite à sécher dans de vieux annuaires. Je me délecte en cherchant les couleurs les plus lumineuses du rouge vif de la vigne au brun foncé du chêne. Je veille aussi à diversifier les formes. Une fois séchées, j'en fais des abat-jour avec du papier, cette activité me détend beaucoup. Cela fait longtemps que je m'y adonne car elle me changeait de celle que j'exerçais professionnellement et qui était souvent éprouvante nerveusement. J'étais, en effet, professeur de mathématiques dans un collège que l'on dit « difficile ». Bref, ce hobby que je pratique dans une des chambres inutilisées de notre grande maison familiale à la campagne me permettait d'évacuer toutes mes tensions. Mais aussi de créer parce qu'enseigner les mathématiques, même si j'adore l'algèbre et la géométrie, cela ne suffisait pas à développer mon côté artiste.

Aujourd'hui, je suis à la retraite depuis longtemps déjà mais je poursuis avec plaisir ce passe-temps. Je monte également moi-même les petites lampes que ces abat-jour habilleront en détournant des objets récupérés dans des brocantes...

Voilà pour mes activités manuelles, pour ce qui est de ma vie sentimentale, eh bien, il y a nombre d'années, en soixante-dix-sept, nous avons vécu avec Gisèle, ma femme, un tournant décisif dans notre amour. Je n'avais jamais raconté cela à personne mais des circonstances bien particulières allaient me décider à faire resurgir ce passé si intime. Voici comment :

Ma petite-nièce Chloé arriva en ce soir d'automne. Elle sonna simplement à la porte sans me prévenir auparavant par téléphone de sa venue, ce qu'elle faisait habituellement. C'était la fille de mon unique neveu, le fils de mon frère décédé à trente-cinq ans d'une rupture d'anévrisme. Nous avions beaucoup aidé sa pauvre veuve, Claudine, à élever Paul qui avait alors neuf ans. J'avais été pour lui presque un père de substitution et nos rapports étaient étroits. Et c'est donc tout naturellement que j'avais noué ensuite avec sa fille des liens affectueux.

Chloé avait aujourd'hui trente-deux ans. Elle vivait avec son ami Timothée depuis cinq ans. Tous deux avaient un bon travail et habitaient à plus de soixante kilomètres de chez moi. Avec leurs amis et leurs activités sportives du week-end, ils ne venaient que rarement me visiter ; par contre, Chloé ne manquait pas de m'appeler au moins une fois par mois. Quand ma petite-nièce entra ce soir-là, je vis tout de suite que quelque chose n'allait pas. Son petit air mutin habituel faisait place à un visage fermé qui me frappa immédiatement.

— Bonjour Chloé, qu'est-ce qui se passe, quelque chose ne va pas ? lui demandai-je après l'avoir embrassée et sans lui laisser le temps d'enlever son manteau.

— Si tu savais Tonton ! me répondit-elle dans un souffle.

Je la fis asseoir au salon et m'assis en face d'elle.

— Je crois que Timothée me trompe, m'expliqua-t-elle avec une petite voix désespérée puis elle éclata en sanglots.

Je ne pus que la prendre dans mes bras et la bercer comme lorsqu'elle était enfant tout en lui caressant les cheveux. Elle pleura longtemps ainsi mais, peu à peu, encouragée à se calmer par mes paroles réconfortantes, elle se reprit.

— Je vais te faire un thé, et

plus tard tu mangeras une omelette avec moi, nous allons causer, tu sais, il y a toujours une solution à tous les problèmes, encore faut-il qu'ils soient bien posés.

Ma petite-nièce me précisa alors que Timothée s'absentait très souvent pour son travail et qu'il était devenu de plus en plus distant. Elle avait fouillé dans le téléphone portable oublié ce jour-là à la maison par son ami et les SMS qu'elle y avait découverts, envoyés par une certaine Marion, étaient vraiment sans équivoque. Complètement désarçonnée, elle était ensuite partie directement chez moi, ne sachant pas quoi faire dans cet immense désarroi qui était le sien. Chloé était perdue, elle aimait son ami plus que tout et son monde s'écroulait. Que pouvais-je faire pour la réconforter ? Pas grand-chose...

Je choisis alors de lui révéler une période très douloureuse que j'avais moi-même vécue et que je n'avais jamais confiée auparavant. En effet, il me semblait que mon témoignage personnel, s'il ne pouvait enlever la peine de Chloé, pourrait au moins lui donner un axe nouveau, une manière de voir les choses autrement.

Mais d'abord, je la laissai s'épancher auprès de moi en lui posant des questions sur leur couple. Finalement, je compris qu'ils avaient dû s'éloigner petit à petit l'un de l'autre, chacun travaillant énormément.

Ils n'avaient, semble-t-il, pas pris le temps nécessaire pour entretenir la flamme de leur amour. Après, la tentation de succomber à Marion avait été facile pour le jeune homme qui passait plus de temps avec cette collègue qu'avec sa compagne.

Chloé ne toucha pas à l'omelette et me raconta tout cela pendant le repas. Je l'invitai ensuite à s'asseoir de nouveau au salon et, prenant la photo de ma chère Gisèle sur la cheminée, je la plaçai au plus près de moi sur le petit guéridon qui me sert habituellement à poser mon livre et mes lunettes. Chloé ne put s'empêcher de s'exclamer.

— Ah ! Tatan et toi ! C'était le couple parfait, vous vous aimiez tant ! C'est ainsi que j'aurais voulu que nous nous aimions avec Timothée...

— Ma petite Chloé, je vais te raconter un épisode de notre vie de couple, bien avant que tu sois née, mais il faut me promettre que tu n'en diras rien à personne.

— Je te promets Tonton, ne t'inquiète pas, assura-t-elle avec un petit air sérieux qui ne laissait pas de doute sur sa discrétion.

Je me calai alors dans mon fauteuil, regardai la photo de ma chère Gisèle, ce cliché où je l'aimais tant avec ses cheveux relevés en chignon et son visage parfait, ses yeux en amande, si doux... Ah ! Ce regard qui m'avait tout de suite fasciné lorsqu'un de mes amis me l'avait présentée ; c'était, en fait, sa jeune sœur. À l'époque, les relations entre jeunes gens n'étaient pas du tout comme aujourd'hui, nous fréquentions des écoles séparées. Nous n'avions donc que peu de relations avec les jeunes filles à part les sœurs de nos camarades que nous pouvions apercevoir. Enfin, autres temps, autres mœurs...

Je me mis alors à parler à ma petite-nièce :

— Nous nous étions mariés avec Gisèle depuis cinq ans et avions déjà nos deux enfants, encore petits, bien sûr. Ma femme les élevait tandis que je rapportais à la maison mon salaire de professeur pour nous faire vivre. À l'époque, avec notre vie simple, il était encore possible de vivre ainsi avec un seul salaire sans trop se priver. Nous partions en vacances en camping ou chez mes beaux-parents, nous cultivions notre propre potager, j'étais heureux. Un jour que je revenais de mon collège justement, je cherchai Gisèle dans la maison et, ne la trouvant pas, je me dis qu'elle devait être allée au potager et je sortis dans le jardin. Ce que je vis me transperça le cœur. Elle était dans les bras d'un homme que je reconnus à son allure bien que je ne les visse que de loin car ils étaient près de la cabane en bois où nous rangions nos outils, tout au fond du jardin. Il s'agissait d'un habitant de la rue voisine que je connaissais uniquement de vue. Je reculai instinctivement et courus bêtement me réfugier à la cuisine.

Un trouble indescriptible m'avait envahi, des sentiments de colère, de honte aussi me submergeaient, je me sentais trahi. Sans plus réfléchir, je pris le parti de sauter au plus vite dans ma voiture et je roulai comme un automate en direction d'une forêt où j'aimais ordinairement faire un peu de marche rapide. L'exercice, dans ce décor apaisant, fit son effet petit à petit et je me mis à raisonner. Que faire ? J'aimais ma chère épouse si profondément, si totalement ! Notre amour était si nécessaire pour moi, si essentiel... Cet homme l'avait-elle séduite ? Pourquoi éprouvait-elle ainsi le besoin d'être infidèle ? Je marchai longtemps, tournant et retournant la situation dans ma tête. Lui dire que je savais ? Lui demander de choisir ? Je prenais le risque de la perdre et je savais bien que notre amour ne valait pas cette triste fin, nos enfants ne pourraient se remettre de cette brisure...

Après deux heures de marche, j'avais pris ma décision : c'était, sans conteste pour moi, celle de l'amour, une décision qui me ferait souffrir, bien sûr, mais qui n'abîmerait pas notre couple que je voulais à tout prix préserver. Je ne dirais rien à Gisèle, je ferais comme si je ne savais pas et je m'emploierais de toutes mes forces à l'aimer tant qu'elle ne pourrait ainsi se résoudre à continuer cette double vie. C'était l'unique solution que je voyais pour tenter de stopper cette situation, l'aimer à la folie afin qu'il ne soit plus possible pour elle de m'être infidèle.

Ce soir-là, je rentrai donc le cœur lourd, certes, mais dans le même temps la décision que j'avais prise me satisfaisait. Très occupé par mon travail, j'avais sans doute négligé un peu ma femme, cette infidélité en était la preuve. Dès lors, je retrouvais à son égard des manières de fiancé, n'omettant jamais d'aller l'embrasser amoureusement avant de partir, lui offrant des fleurs ou lui glissant des mots d'amour sur sa coiffeuse. En même temps, je fis en sorte qu'elle ne puisse rien soupçonner du fait que je savais qu'elle voyait un autre homme.

Gisèle semblait, en tout cas, ne pas du tout être détachée de moi et apprécier mes attentions, je sentais bien qu'elle m'était attachée dans ses yeux, dans sa manière d'être avec moi. Cela dura six mois et ce fut bien long mais je ne faiblis pas.

J'avais parlé d'une traite, comme pour moi-même, sans regarder Chloé, c'était si intime ce que je racontais, si douloureux à revivre en l'expliquant...

Je marquai une pause et regardai Chloé : de grosses larmes coulaient sur ses joues, silencieuses, elle semblait revivre avec moi ce drame que j'avais traversé.

Je repris :

— Un soir, alors que les enfants étaient couchés et que nous veillions tous les deux, je lui exprimai tout mon amour, toute mon admiration pour elle en des termes si doux qu'elle me dit en me regardant douloureusement : « Si tu savais ! » Je répondis alors doucement « je sais... » Gisèle éclata alors dans une colère violente. « Comment tu sais ? Mais alors, si tu sais et que tu ne souffres pas, c'est que tu ne m'aimes pas, en réalité, et que cette déclaration est une affreuse comédie ! » Gisèle fut blessante et railleuse, j'attendis que l'orage fût passé et je repris alors la parole, le plus tendrement que je pus. « Comprends-moi, j'ai découvert ta liaison il y a six mois, cela a été pour moi une flèche si douloureuse dans mon cœur ! J'ai tellement souffert ! Mais je me suis dit que moi, je n'abîmais pas notre amour et que c'est toi qui t'abîmais ainsi. En réfléchissant, je n'ai vu qu'une option : t'aimer encore plus et mieux pour que tu ressuscites à notre amour, pour que tu reviennes à notre passion l'un pour l'autre, avec un cœur neuf et plus rayonnant que jamais. »

Gisèle fut alors profondément touchée par mes paroles, elle se jeta à genoux près de moi en pleurant. D'infidélité, il n'en fut plus question et cela dura encore quarante ans. Gisèle revint à moi totalement et se montra la plus tendre et la plus fidèle des épouses, notre relation fut exceptionnelle.

Nous avions traversé une épreuve qui aurait pu nous brûler les ailes et, au contraire, cela avait renforcé notre union comme jamais. J'avais compris la leçon qu'un amour n'est jamais acquis, qu'il faut toujours y veiller jalousement, sans relâcher ses efforts...

Gisèle m'avait avoué, des années plus tard combien, en un instant, elle avait compris le trésor de ce que nous vivions et combien il lui avait été facile de se détacher de cette relation extraconjugale. Elle avait compris la profondeur de mon amour pour elle et cela avait tout changé...

Je ne te dis pas cela pour que tu fasses la même chose, mais pour que tu comprennes combien, quand on aime réellement une personne, on est capable de supporter par amour... J'aurais pu me révolter, partir, comme mon orgueil blessé me le commandait mais j'avais choisi d'aimer, au-delà du raisonnable...

— Tonton, mais ce que tu me racontes est complètement fou, carrément extraordinaire même ! Je comprends si bien pourquoi votre couple m'est toujours apparu comme sortant du lot, avec quelque chose d'indestructible, de si fort... Un modèle un peu inaccessible en fait, surtout pour ma génération où l'on se sépare facilement... En arrivant ici, je n'avais en tête qu'une idée : je devais le quitter, il ne voulait plus de moi, voilà tout, je n'étais plus celle à qui il écrivait des mails enflammés toute la soirée lorsqu'il s'absentait une nuit, celle pour qui il avait été capable de quitter sa région et sa famille pour venir vivre à six cents kilomètres de là...

Chloé s'animait, ses larmes avaient fait place à des yeux vifs, ceux qu'elle avait habituellement. Elle reprenait espoir...

— Tonton, crois-tu que je pourrais tenter de faire comme toi ?

— Non Chloé, ma solution a été la mienne, il faut simplement que tu réfléchisses à ce que tu veux vraiment et à prendre les moyens de tout mettre en œuvre pour réussir. Si tu n'y arrives pas ensuite, eh bien, tu n'auras rien à regretter, tu auras fait tout ce qui était en ton pouvoir. Tu peux très bien lui parler franchement aussi, directement, tu n'as pas le même caractère que moi, il me semble que tu aurais bien du mal à te taire...

— Tu as raison Tonton, je suis tellement franche et directe parfois, je ne pourrais pas m'empêcher de lui parler, je n'ai pas ta sagesse et ta patience...

— Si tu veux rester un peu chez moi pour réfléchir, y voir plus clair et ensuite prendre tes décisions, tu es la bienvenue ma petite Chloé. Ce que je peux te dire aussi, c'est que l'on ne peut enchaîner personne, même avec des liens que l'on pense être ceux de l'amour. Ton Timothée est un garçon très bien, d'après ce que je connais de lui, donne-lui aussi le temps de réfléchir de son côté pour savoir ce qu'il veut, votre histoire d'amour en vaut la peine. Chloé semblait réfléchir... Puis, elle me dit avec vivacité :

— Tonton, si je demande à Timothée de venir te parler, tu voudras bien ? Est-ce que tu pourras lui raconter aussi votre histoire avec Tatan ?

— Chloé, c'est délicat, mais il est sûr que si Timothée veut me parler, je ne me déroberai pas, comme je l'ai fait avec toi. Seulement, il faudra que tu lui dises que tu m'as tout expliqué pour vous deux, sinon je ne serai pas à l'aise et cela ne serait pas correct envers lui.

Chloé était complètement revigorée, elle se leva et attrapa son sac.
— Tonton, je pars, Timothée sera là ce soir tard, je lui parlerai demain matin après lui avoir

préparé un super petit-déjeuner au lit comme au début de notre relation où je me levais et allais chercher des croissants et du pain frais pour lui plaire... Tonton, si Timothée souhaite que l'on vienne te voir ce week-end, tu voudras bien ?

— Mais bien sûr, ma chérie, je préfère te voir combative que comme tout à l'heure. Tu le sais, ma porte vous est grande ouverte d'autant plus que ce week-end, je n'ai pas mes petits-enfants.

Pressentant que ce que femme veut... Je me dépêchai le samedi matin d'aller remplir mon frigo, en prévision. Tous deux ne se contenteraient pas de mes omelettes aux champignons ou de mon bouillon, à leur âge, on avait de l'appétit ! Surtout Timothée, ce grand gaillard faisait presque deux mètres et avait besoin de se sustenter. Je préparai également les lits de deux chambres pour parer à toute éventualité.

Finalement, les jeunes vinrent me trouver le dimanche après-midi après m'avoir prévenu et demandé si cela ne me dérangerait pas. En arrivant, ils avaient l'air très tendus tous les deux. Timothée s'enquit tout de suite de savoir s'il pouvait venir marcher un peu avec moi et Chloé eut la délicatesse, pendant ce temps-là, de nettoyer ma cuisine et ma salle à manger de fond en comble. Il est vrai que je ne passais pas des heures à faire le ménage et que mon intérieur était un peu négligé. Elle avait aussi besoin de s'occuper pendant ce temps qui allait, pense-t-elle, être décisif pour leur avenir à tous les deux.

Nous prîmes avec son compagnon la direction du bois de la Saulve, un chemin qui s'enfonce dans la forêt pendant plusieurs kilomètres. Le temps était gris, bas, une petite pluie très fine tombait par intermittence. Nous avions rabattu nos capuches sur nos têtes et nous marchions d'un bon pas. Timothée me raconta sa version à lui, son histoire d'homme pris entre le feu de la passion charnelle avec une collègue avec qui il passait toute sa journée et son amour profond pour sa tendre compagne, Chloé. Il était perdu, complètement... n'arrivant absolument pas à prendre une quelconque décision.

Je lui conseillai alors de s'éloigner un temps, il avait la chance de pouvoir demander des missions de quelques mois un peu partout dans le monde. Ne plus communiquer ni avec Chloé, ni avec Marion, descendre dans son cœur... réfléchir... savoir ce qu'il voulait faire de sa vie. C'était un conseil de bon sens mais Timothée n'y avait pas songé, englué dans sa situation présente, il pensait devoir faire un choix tout de suite et en était incapable.

Je lui posai également une question qui le fit réfléchir. « Qui verrais-tu comme la mère de tes enfants ? » Sa réponse fusa, immédiatement, sans qu'il ait eu du tout à réfléchir : « mais Chloé, évidemment ! » Il fut d'accord avec moi qu'un temps de recul était pour lui le plus approprié.

Notre promenade de deux heures lui permit de prendre un peu de distance. Lorsque nous rentrâmes, je les laissai tous les deux repartir bien vite pour que Timothée explique à Chloé ce qu'il était résolu à faire. Je n'eus ensuite plus aucune nouvelle de son côté mais Chloé me tint au courant des événements. Son compagnon avait accepté deux semaines après notre rencontre une mission à Hong Kong pour quatre mois. Durant ce temps, il essaya de ne plus contacter ni Chloé, ni Marion et se rendit vite compte au bout d'une quinzaine de jours que

Chloé lui manquait trop. Si Marion l'avait vraiment séduit, l'éloignement physique la rendait vite bien lointaine, le charme de la proximité ne jouait plus et laissait un vide. Timothée n'éprouvait pas le besoin de parler à Marion comme il le faisait avec Chloé. Cette dernière était une confidente, une amie en même temps que sa compagne de vie. Au bout de deux mois, n'y tenant plus, Timothée demanda à Chloé de le rejoindre en prenant un congé sans solde. Ce qu'elle fit, elle aussi trop esseulée et tellement contente de rejoindre « l'homme de sa vie » comme elle me le disait au téléphone. J'eus l'honneur d'être leur témoin de mariage l'année suivante alors que le ventre de ma petite-nièce s'arrondissait un peu, promesse d'un bonheur futur.

Timothée et Chloé m'avaient également demandé d'être le parrain de leur fils mais j'avais décliné gentiment : un vieux bonhomme comme moi ! Il lui fallait un parrain de leur âge à eux, ils ne manquaient pas d'amis. J'avais cependant été touché par cette proposition car j'avais bien senti qu'ils voulaient par là me remercier de les avoir aidés à découvrir leur chemin.

Ma Gisèle ne devait pas trop être mécontente de moi, de là-haut ! L'âge a bien ses misères mais il a aussi ses charmes. La sagesse de l'expérience qui fait que l'on peut, quelquefois, quand l'occasion nous en est donnée, faire un peu de bien autour de soi...

Vous avez aimé ce roman ? Vous aimerez...